Tout est bien
qui commence mal

JEAN-PIERRE MARTINEZ

Tout est bien qui commence mal

La Comédiathèque
comediatheque.net

Distribution

Frédérique
Alexandre
Christel
Janine
Wendy

Cette version est adaptée pour un homme et quatre femmes. En modifiant quelques répliques, cependant, la distribution pour cette pièce est très modulable en sexe. Les autres distributions possibles pour cette pièce sont : 5 femmes, 2 hommes et 3 femmes, 3 hommes et 2 femmes.

Ces différentes adaptations pour diverses répartitions sont téléchargeables librement sur le site de l'auteur La Comédiathèque : https://comediatheque.net/

© La Comédiathèque
ISBN 978-2-37705-845-7

Un salon bourgeois-bohème. Quelques tableaux modernes posés à même le sol. Fred, artiste peintre, met fébrilement un peu d'ordre dans cet intérieur savamment désordonné. Elle regarde sa montre et peste. Avec un air dégoûté, elle éponge le sol à l'aide d'une serpillère avant de la jeter dans une bassine. Son portable sonne, et elle répond.

Fred – Alex ? Mais tu es où ? Je t'ai laissé au moins trois messages ! Des embouteillages ? Le périphérique ? Mais qu'est-ce que tu fais sur le périphérique...? Et tu crois vraiment que c'était le bon jour pour un casting à l'autre bout de Paris à une heure de pointe ? L'inspectrice de l'Aide à l'Enfance arrive dans une demi-heure ! Il faut absolument que tu sois là ! On a mis des mois à obtenir ce rendez-vous ! C'est déjà compliqué d'adopter, alors si l'un des deux adoptants n'est pas là, ils ne vont même pas étudier notre dossier... Eh bien je ne sais pas, tu prends le métro ! Oui, eh bien débrouille-toi ! Mais je te préviens, si tu me plantes pour ce rendez-vous, c'est fini entre nous ! *(La sonnette retentit)* Ce n'est pas vrai... C'est déjà elle ? *(Elle va jusqu'au visiophone pour ouvrir la porte d'entrée de l'immeuble, le téléphone toujours à la main)* Ah, non, c'est le plombier. Le plombier ! Oui, parce qu'en plus de ça, il y a une fuite dans le salon, figure-toi ! Bon, je te laisse, il faut que j'aille lui ouvrir la porte. C'est ça, fais au mieux...

Elle range son portable et sort un instant pour ouvrir, avant de revenir précédée par le plombier. Le plombier est une femme, en salopette, avec une caisse à outils à la main.

Fred – Je ne vous attendais pas aussi tôt...

Chris – D'habitude, les gens se plaignent qu'on est en retard... *(Elle jette un regard légèrement étonné sur la pièce)* C'est chez vous ?

Fred – Ben oui, c'est chez moi... Chez qui voulez-vous que ce soit ?

Chris – OK... C'est par où ?

Fred désigne le mur du fond, vers le bas.

Fred – C'est là, au beau milieu du salon. Une véritable inondation ! J'ai coupé l'eau, mais ça fuit toujours. J'ai mis une cuvette en dessous en attendant...

Chris regarde.

Chris – Ah oui, c'est normal...

Fred – Normal ? Mon salon est devenu une piscine, et vous trouvez ça normal ?

Chris – C'est normal que ça fuit toujours après avoir coupé l'eau. C'est le circuit du chauffage central.

Fred – Excusez-moi, mais j'ai fait les Beaux-Arts, pas un CAP de plomberie. Alors je ne comprends rien à ce que vous me dites...

Chris jette un regard sur les tableaux.

Chris – Vous êtes artiste peintre...

Fred – Je suis peintre, en tout cas... Artiste, ça n'a pas l'air de faire encore l'unanimité... Et alors, pour ma fuite ?

Chris – C'est l'eau des radiateurs. Ce n'est pas le circuit d'eau courante.

Fred – En clair ?

Chris – Tant qu'il y aura de l'eau dans le circuit, ça fuira.

Fred – Et il y a combien de litres à peu près, là-dedans ?

Chris – Ça dépend du nombre de radiateurs que vous avez... Mais ça peut faire une centaine de litres...

Fred – D'accord... Mais vous allez pouvoir arranger ça, non ?

Chris – On va essayer...

Fred – Essayer...? Excusez-moi, mais... vous êtes vraiment plombier ? Enfin, je veux dire, c'est votre métier... Vous avez un diplôme...

Chris – C'est parce que je suis une femme, que vous dites ça ?

Fred – Mais pas du tout...

Chris – Ne vous inquiétez pas, j'ai l'habitude.

Un temps.

Fred – Désolée, je suis un peu sur les nerfs... J'ai un rendez-vous important et...

Chris – Au départ, j'ai fait un BTS de coiffure, mais j'ai décidé de changer d'orientation...

Fred – D'orientation sexuelle, vous voulez dire...?

Chris – D'orientation professionnelle !

Fred – Bien sûr...

Chris – J'ai appris la plomberie sur le tas, mais je connais mon métier...

Fred – Ah oui, je me sens tout de suite plus rassurée... Et il y en a pour longtemps ?

Chris – On va regarder ça... *(Elle examine le tuyau, sous l'œil attentif de Fred)* C'est le joint...

Fred – Le joint ?

Chris – Vous ne savez pas non plus ce que c'est qu'un joint...

Fred – Ça dépend de quel genre de joint on parle.

Chris – Comment je peux vous expliquer ça... C'est...

Fred – Non, mais je m'en fous... Ce que je veux savoir, c'est... C'est grave ?

Chris – Normalement non... Mais votre plomberie, là, elle n'est pas de la première jeunesse.

Fred – Et alors ?

Chris – Avec de vieilles installations comme ça... Tout ça, c'est rouillé. On ne sait jamais si le boulon ne va pas péter aussi. Ou le tuyau...

Fred – Et si ça arrive, qu'est-ce qu'il faut faire ?

Chris – Il faut purger tout le circuit avant de changer le tuyau.

Fred – Purger ?

Chris – Vider, si vous préférez.

Fred – Ah non, mais là, je n'ai pas le temps ! Je vous l'ai dit, j'ai un rendez-vous très important... D'ailleurs, je vous rappelle que vous ne deviez passer que dans deux heures.

Chris – J'ai un client qui a annulé un rendez-vous. Et comme ça roulait bien sur le périph...

Fred – Ça roulait très bien sur le périph ?

Chris – C'est les vacances scolaires...

Fred – Bien sûr...

Chris – Je peux repasser demain, si vous préférez...

Fred – Non, non, allez-y... Si vous dites qu'il n'y en a pas pour très longtemps... Parce qu'avec cette bassine au milieu du salon... *(Chris sort ses outils et se penche sur le tuyau)* Excusez-moi une minute... *(Fred sort son portable et compose un numéro)* Alex ? Tu te fous de moi, le plombier vient de me dire que ça roulait très bien sur le périph... Ah, ça vient de se débloquer ? Ben voyons... Bon, si tu te dépêches, tu peux encore être à la maison dans une demi-heure. J'essaierai de faire patienter l'inspectrice en attendant... C'est ça, fais l'impossible... *(Fred s'approche pour regarder ce que fait Chris, ce qui visiblement l'agace)* Alors ? Comment se présente le bébé ?

Chris – Votre radiateur a déjà perdu les eaux... Je vais essayer d'extraire le joint par les voies naturelles, en évitant la césarienne...

Fred se penche un peu plus.

Fred – Ah oui, ce n'est pas beau à voir...

Chris – Ne vous approchez pas trop quand même. Il y a une prise de courant juste à côté, et tout ça c'est trempé... Je ne voudrais pas que vous vous fassiez électrocuter...

Fred – Électrocuter...?

Chris – Votre installation électrique non plus, elle ne date pas d'hier. Ce n'est plus aux normes, tout ça. Ça peut être dangereux, vous savez...

Fred – Si vous pouviez éviter de dire ça devant l'inspectrice...

Chris – Vous attendez une visite de la police ?

Fred – Une inspection de l'Aide à l'Enfance. C'est pour une adoption...

Chris – Ah oui... Une adoption...

Fred – Et mon mari qui n'est toujours pas là...

Chris – Votre mari...?

Fred – Oui, mon mari... Alex...

Chris – Ah, oui, d'accord...

Fred – Ça fait trois ans qu'on attend ce rendez-vous...

Chris – Raison de plus pour ne pas vous faire électrocuter aujourd'hui. Et que ce pauvre enfant soit encore orphelin avant même d'avoir été adopté...

Fred – Merci de votre sollicitude... Je peux faire quelque chose pour vous aider ?

Chris – Si vous pouviez vider cette cuvette qui commence à déborder et me ramener une serpillère sèche...

Fred sort. Chris compose aussitôt un numéro sur son portable.

Chris – Alex ? C'est Chris... Christel, tu te souviens ? Oui, c'est ça, la plombière... Écoute, tu vas rire... Une cliente m'appelle pour une fuite, je débarque, et il se trouve que c'est chez toi... Enfin... chez vous. Tu ne m'avais pas dit que tu étais marié... et encore moins que vous vouliez adopter un enfant. Oui, c'est toujours le même radiateur qui fuit, mais ce n'est pas vraiment ça le problème, tu ne crois pas... Écoute, il faut que je te laisse, parce qu'elle revient... Je voulais juste te prévenir... Que tu ne sois pas surpris en rentrant chez toi de trouver ta femme avec ta maîtresse... C'est ça, je suis sûre que tu trouveras un moyen de te défiler... *(Elle range son portable)* C'est encore ce que tu fais de mieux...

Fred revient avec la cuvette vide et une serpillère.

Fred – Voilà...

Chris – Merci.

Fred – Je peux faire autre chose pour que ça aille plus vite ?

Chris – Non... *(Fred se penche à nouveau sur le tuyau)* Enfin, si... Si vous pouviez éviter de me regarder travailler, ça m'horripile.

Fred – Ah oui...?

Chris – Vous aimez qu'on vous regarde peindre, vous ?

Fred – Non.

Chris – Eh bien moi, c'est pareil...

Fred – Oui, enfin, entre peindre un tableau et réparer un tuyau...

Chris – Bien sûr...

Fred – Désolée, c'est complètement stupide de ma part. Vous devez vous dire que c'est une réflexion de petite-bourgeoise qui se croit supérieure à un simple artisan...

Chris – Oui, c'est exactement ce que je pensais.

Fred – Même si la courtoisie la plus élémentaire exigerait que vous disiez le contraire...

Chris – Mais comme je ne suis qu'un petit artisan sans aucune éducation, je ne connais pas les règles du savoir-vivre le plus élémentaire...

Un temps.

Fred – Je crois qu'on est parties sur un mauvais pied, toutes les deux... C'est de ma faute... J'ai quelques raisons d'être un peu stressée aujourd'hui. Je vous propose qu'on recommence tout à zéro.

Chris – D'accord...

Fred – Qu'est-ce qui peut bien donner à une femme l'envie de devenir plombier ?

Chris – Je ne sais pas... Le côté voyeuriste, peut-être...

Fred – Voyeuriste ?

Chris – On débarque à l'improviste chez une inconnue, comme aujourd'hui. On s'introduit dans son intimité...

Fred *(amusée)* – Ah oui ?

Chris – S'introduire dans son intimité, c'est une façon de parler... Dans sa vie privée, si vous préférez...

Fred – Oui, à la limite, je préfère.

Chris – Les gens nous téléphonent, complètement désespérés. Ils nous supplient de venir chez eux au plus vite. On pénètre dans les lieux les plus secrets de leur intérieur. Les pièces humides, comme on dit : la cuisine, la salle de bain, les toilettes...

Fred – Vu comme ça, évidemment... Ça a l'air assez torride...

Chris – Je plaisante... On peut être plombier et avoir le sens de l'humour, vous savez...

Fred – Bien sûr... *(Le portable de Fred sonne)* Excusez-moi...

Chris – Mais je vous en prie.

Fred s'éloigne un peu et prend l'appel.

Fred – Alex ? Quoi encore ? Un accident ? Non ? Mais tu n'es pas blessé ? Et le conducteur du scooter ? Dans le coma ? Mais c'est affreux ! Tu as appelé les secours...? Évidemment, tu ne peux pas le laisser comme ça sur le bord de la route. En même temps, tu n'es pas secouriste, non plus. Ce n'est pas toi qui vas le ranimer, ce gamin. Bien sûr, ce n'est pas de ta faute. Mais je t'avais dit de ne prendre aucun rendez-vous aujourd'hui ! Oh, et puis je sais bien, va... Cet enfant, tu n'en as jamais voulu... C'est ça, on en reparle... *(Fred raccroche, furieuse)* Je ne suis même pas sûre que ce soit vrai, cette histoire d'accident...

Chris – Raconter qu'on a embouti un pauvre gosse en scooter et qu'il est dans le coma... Quel monstre pourrait inventer une histoire pareille juste pour échapper à ses responsabilités...?

Fred – Ou alors il l'a fait exprès...

Chris – Exprès...? D'écraser ce gamin, vous voulez dire ?

Fred – Bon, ça va être encore long ?

Chris – Je vous l'ai dit. Le pas de vis est complètement grippé. Si je force, ça risque de péter, et là... J'ai mis un produit pour dégripper tout ça, mais il faut le temps que ça fasse son effet...

Fred – Et il fallait que ça arrive aujourd'hui, évidemment.

Chris – Ce n'est pas votre jour, on dirait...

Fred – Non... Vous avez des enfants, vous ?

Chris – Oui, j'en ai trois...

Fred – Trois ! Et... vous ne voulez pas vous défaire du plus petit ?

Chris – C'est-à-dire que... Il faudrait que j'en parle à mon mari. On est divorcés...

Fred – Non mais je plaisante...

Chris – Moi aussi, évidemment...

On sonne à l'interphone. Fred semble paniquée.

Fred – Cette fois, c'est elle... *(Elle va vers l'interphone, off)* Oui, bonjour ! C'est au cinquième. L'ascenseur est juste à droite dans l'entrée... *(Elle revient, affolée)* C'est la catastrophe ! L'inspectrice est en bas, et mon mari n'est pas là !

Chris – Il ne va peut-être pas tarder...

Fred – Vous ne vous rendez pas compte ! Il y a tellement peu d'enfants à l'adoption... Alors les couples dans notre situation...

Chris – Dans votre situation, vous voulez dire...

Fred – Un comédien qui fait surtout des figurations... Une artiste peintre qui n'a jamais vendu un tableau à part à sa propre mère... Même un chien, je ne suis pas sûre qu'on nous laisserait l'adopter...

Chris – Un poisson rouge, peut-être...

Fred – En tout cas, si je suis seule à ce rendez-vous, c'est foutu... *(Elle semble avoir une idée)* Vous ne voulez pas me rendre un immense service ?

Chris – Bien sûr, je vais vous laisser. Je repasserai demain, ce n'est pas grave...

Elle se relève.

Fred – Non, au contraire, restez !

Chris – D'accord, mais... en quoi est-ce que je peux vous aider ?

Fred la prend par les épaules et lui lance un regard intense.

Fred – Vous ne voulez pas être ma femme ?

Chris – Pardon ?

Fred – Cette inspectrice n'a jamais vu mon conjoint. Et mon mari s'appelle Alex. Alex, ça peut être le diminutif d'Alexandra, non ? Et puis elle ne va pas nous demander nos papiers, non plus !

Chris – Si vous le dites...

Fred – Les homosexuelles aussi ont le droit d'adopter, après tout ? Si elle vérifie le sexe de mon conjoint sur son dossier, on dira que c'est une faute de frappe.

Chris – Non, mais vous me faites marcher... Qu'est-ce que je pourrais bien lui raconter, à cette inspectrice ?

Fred – Rien ! Vous dites que vous êtes ma femme, et puis voilà !

Chris – Votre femme ? Mais enfin... Je ne suis pas...

Fred – Homo ? Moi non plus !

Chris – Je ne suis pas comédienne non plus... Vous me demandez de jouer le rôle de votre conjoint. Je ne vais jamais savoir faire ça, moi... Si elle n'est pas idiote, cette inspectrice, elle va tout de suite se rendre compte que...

Fred – Ce n'est pas un rôle très compliqué, non plus. Vous improviserez. C'est juste pour une heure ou deux.

Chris – Mais enfin... Et pourquoi je ferais ça, d'ailleurs ?

Fred – Pour de l'argent ! Je vous paierai. Dix fois ce que vous m'auriez demandé pour la fuite.

Chris – Vous ne savez même pas ce que je vous aurais demandé pour la fuite !

Fred – Peu importe, je vous fais confiance.

Chris – Si j'ai un conseil à vous donner... Ne faites jamais confiance à un plombier.

Fred – Alors ?

Chris – Je ne sais même pas comment vous vous appelez !

La sonnette de la porte retentit.

Fred – Je m'appelle Frédérique. Appelez-moi Fred. Ça fera plus familier. Et vous ?

Chris – Chris...

Fred – C'est aussi un diminutif, j'imagine...

Chris – Je m'appelle Christel...

Fred – Eh bien maintenant, vous vous appelez Alex.

Elle part ouvrir.

Chris – Non, mais attendez !

Fred – Bonjour Madame...

Wendy – Appelez-moi Wendy, je vous en prie.

Fred – Entrez, entrez... On vous attendait...

Wendy entre, suivie par Fred. L'inspectrice est habillée de façon assez extravagante, dans le style baba cool, avec un crucifix autour du cou. Elle jette un coup d'œil rapide à la plombière, en salopette et un outil toujours à la main, avant de balayer la pièce du regard.

Wendy *(à Chris)* – Bonjour Monsieur...

Chris – Madame, si vous permettez...

Wendy – Pardon, excusez-moi. Bonjour Madame.

Fred – Je vous présente Alex, mon conjoint...

Wendy – Désolée, je vous avais pris pour un plombier, ou quelque chose comme ça.

Chris – Oui, je sais, ça m'arrive souvent...

Fred – Alex essaie de résoudre un problème de tuyauterie.

Wendy – Vous faites des travaux ?

Alex – C'est juste une petite fuite.

Wendy – Vous devriez couper l'eau.

Fred – C'est ce qu'on a fait... mais comme c'est une fuite sur le circuit de chauffage. Vous savez qu'il y a plus d'une centaine de litres, là-dedans ?

Wendy – Ah oui...?

Fred – Bref, on a appelé le plombier, mais vous savez ce que c'est... Ils ne sont jamais là quand on a besoin d'eux. Alors ma femme a décidé de prendre les choses en main, n'est-ce pas, chérie ?

Chris – Euh... Oui...

Fred – Elle a acheté une salopette, une clef à molette, et hop !

Wendy – Avoir un conjoint qui sait bricoler, c'est le rêve de toute femme, pas vrai ?

Chris – J'en conclus que votre mari n'est pas un manuel, je me trompe ?

Wendy – Je suis célibataire.

Chris – Ah, oui...

Wendy – Hélas, à mon âge, trouver un mari, c'est encore plus compliqué que de trouver un plombier.

Chris – Dans ce cas, autant épouser directement un plombier...

Wendy – Encore que... Le dernier plombier qui est venu chez moi, il m'a fait payer une fortune, et son robinet fuit toujours.

Fred – Son robinet...?

Wendy – Le robinet qu'il devait réparer !

Chris – Ah oui...

Wendy – C'était une femme, d'ailleurs. C'est curieux, elle vous ressemblait un peu.

Chris – Tiens donc...

Wendy – Mais vous, vous n'êtes pas plombier, n'est-ce pas ?

Fred – Pensez-vous... Ma femme n'est pas une professionnelle... Elle fait ça pour son plaisir... Enfin, seulement quand c'est nécessaire, bien sûr...

Wendy – Les femmes plombiers, ce n'est pas encore si courant. D'ailleurs, comment on dit pour une femme ?

Fred – Pardon ?

Wendy – Pour une femme plombier, on dit comment ?

Chris – Plombière, j'imagine...

Wendy – Une plombière... Ça sonne un peu bizarre... Une plombière, c'est une glace, non ?

Fred – C'est vrai, maintenant que vous me le dites.

Wendy – Avec cette manie qu'on a maintenant de tout vouloir féminiser... Entre nous... Les hommes, on leur a déjà tout pris.

Chris – Même leurs femmes, parfois.

Wendy – On peut bien leur laisser la plomberie !

Fred – C'est sûr... Mais je vous en prie, asseyez-vous !

Wendy – Merci.

Wendy s'assied. Chris reste plantée là, ne sachant pas quoi faire.

Fred – Laisse un peu tes outils, et viens t'asseoir avec nous, chérie...

Chris – Euh... Oui...

Fred – Qu'est-ce que je peux vous proposer ? Du thé ? Du café ? Un jus de fruit ?

Wendy – Ma foi... Je prendrais bien un whisky sec, si vous en avez...

Fred – D'accord, je vois que vous avez aussi le sens de l'humour. *(Moment de flottement, Wendy ne rit absolument pas)* Un whisky, très bien... Et toi, chérie ?

Chris – Je vais accompagner Madame, alors... J'ai bien besoin d'un petit remontant...

Fred – Ma femme plaisante, bien sûr... *(À Chris)* Un jus de fruit, comme moi...?

Fred sort. Silence embarrassé. Chris ne sait quoi faire ni quoi dire.

Wendy – Alors vous êtes prête à vous lancer dans cette grande aventure ?

Chris – Quelle aventure...?

Wendy – L'adoption !

Chris – Ah, oui, bien sûr...

Wendy – Vous n'aviez encore jamais adopté, je crois...

Chris – Non... À part un chat, il y a quelques années...

Wendy – Et il va bien ?

Chris – Il est mort.

Wendy – Mort ?

Chris – Non, enfin... Il n'a pas subi de mauvais traitements, ou quoi que ce soit de ce genre... Il est mort de vieillesse, quoi... C'était il y a longtemps... Quand on l'a eu, il devait déjà avoir quelques années. Et vous savez, les chats, ça ne vit pas aussi longtemps que...

Wendy – Que les enfants...

Fred revient avec trois verres et une bouteille de whisky sur un plateau.

Fred – Et voilà... Un whisky pour vous... Sec, comme vous me l'avez demandé.

Wendy – Vous allez me prendre pour une alcoolique...

Fred – Mais enfin pas du tout... Moi aussi, un petit whisky, de temps en temps... Quand je n'ai pas trop le moral... Et un jus de fruits pour toi, chérie. C'est du bio...

Chris – Merci...

Fred – Alors vous avez fait un peu connaissance ?

Wendy – Oui, Alex me parlait de ce pauvre chat que vous aviez adopté.

Fred – Un chat...?

Chris – Non mais c'était... avant notre rencontre.

Fred – C'est curieux, tu ne m'avais jamais parlé de chat. *(Se reprenant)* De ça...

Chris – C'est un souvenir un peu douloureux...

Wendy *(avec un air compatissant)* – Le petit chat est mort...

Fred – Mon Dieu, mais c'est affreux !

Chris – Enfin, on finit tous par mourir un jour, pas vrai... Même les enfants... Enfin, je veux dire... Les vieux enfants...

Fred – Bon, alors à votre santé !

Wendy – Et à votre généreux projet !

Wendy vide son whisky d'un trait, sous le regard un peu étonné des deux autres, qui trempent à peine leurs lèvres dans leurs verres. Sourires de circonstances et silence embarrassé.

Chris – Il est très bon, ce jus de pamplemousse, mais il a un drôle de goût, non...? C'est sûrement parce que c'est du bio...

Fred – C'est du jus d'ananas...

Chris – Ah oui, c'est sûrement pour chat. *(Se reprenant)* Pour ça...

Fred – Depuis que Alex a eu le COVID, elle a complètement perdu le sens du goût.

Wendy – Ah oui ?

Fred – Il n'y a qu'à voir comment elle s'habille... Enfin, Alex, on ne s'habille pas comme ça pour recevoir une invitée...

Chris – Parce que là, je suis en tenue de travail, sinon...

Fred – Ah oui, c'est vrai, la fuite...

Wendy – Non, non, mais... La salopette vous va très bien...

Chris – Merci...

Wendy – Et donc, quand vous n'êtes pas... plombière, qu'est-ce que vous faites dans la vie, Alex ?

Chris – Eh oui... *(Se tournant vers Fred)* Qu'est-ce que je fais ?

Fred – Ma femme est comédienne.

Wendy – Vraiment ? Mais c'est un métier passionnant.

Chris – Oui, enfin... C'est un métier comme un autre, vous savez...

Wendy – C'est pour ça que votre tête me disait quelque chose... J'ai dû vous voir à la télé... Vous n'avez pas joué dans ce feuilleton complètement idiot qu'on voit tous les soirs à la télé juste avant le journal télévisé ?

Fred – Vous devez confondre... Ma femme fait surtout du théâtre... Du théâtre d'avant-garde.

Chris – Le genre de théâtre que personne ne va voir...

Fred – À part les amis des comédiens quand ils sont invités.

Wendy – Ah, le théâtre... J'y vais très rarement... La dernière fois que j'y suis allée, je me suis endormie...

Chris – Vous avez raison, moi aussi... Enfin, je veux dire... Une fois, je jouais dans une pièce tellement ennuyeuse... Je me suis endormie sur scène en plein milieu de l'acte deux... Et comme j'ai tendance à ronfler... Une de mes partenaires a dû me donner une gifle pour me réveiller.

Wendy – Ah oui...?

Fred – Je vous ressers un whisky ?

Wendy – Ce ne serait pas raisonnable... mais oui, volontiers.

Fred remplit à nouveau le verre de Wendy, qui le vide encore d'un trait.

Wendy – Et vous, chère Madame ? Vous faites quoi dans la vie ?

Fred – Je suis peintre.

Wendy jette un regard autour d'elle.

Wendy – Ah oui ? C'est... C'est de l'art moderne.

Chris – Chacune dans notre domaine... nous sommes toutes les deux des artistes d'avant-garde.

Wendy – Très bien, très bien... Et... ça se vend ?

Fred – Ma foi... Ce n'est jamais facile d'imposer quelque chose de nouveau, vous savez.

Chris – Van Gogh n'a jamais vendu une toile de son vivant, et maintenant ses tableaux valent des millions.

Wendy – Oui... mais il est mort dans la misère.

Chris – Heureusement, il n'avait pas d'enfant...

Fred – Non mais je sens que ça commence à décoller... D'ailleurs, excusez-moi pour le désordre... Je prépare une exposition très importante. Je n'ai pas du tout le temps de m'occuper de ma maison.

Wendy – Mais vous pensez avoir le temps de vous occuper d'un enfant...

Fred marque le coup.

Fred – Vous avez raison... Il faudra sans doute que je lève un peu le pied...

Chris – C'est ce que je lui dis tout le temps.

Fred – En même temps, je ne serai pas toute seule ! On va l'adopter toutes les deux, cet enfant, n'est-ce pas ? Tu seras là toi aussi...

Chris – Bien sûr.

Wendy – Bon, je ne voudrais pas vous donner trop d'espoirs non plus... Des espoirs qui risqueraient d'être déçus... La procédure ne fait que commencer... Il va falloir être patientes.

Fred – Nous le savons, rassurez-vous.

Chris – Absolument... Si ça se fait tant mieux... Et si ça ne se fait pas... c'est que ce n'était pas notre karma...

Wendy les regarde un instant en silence.

Wendy – Entre nous, je vais quand même vous faire une confidence... J'ai plus de vingt ans d'expérience, et mes intuitions me trompent rarement. J'ai l'impression d'avoir en face de moi un couple très uni.

Chris – Vraiment ?

Wendy – Vous êtes à la fois très différentes, et très complémentaires. Et on comprend tout de suite que derrière vos petites chamailleries qui sont le lot de tous les couples, se cache une grande complicité. Je me trompe ?

Fred – Je crois que vous nous avez percées à jour, en effet. N'est-ce pas, chérie ?

Elle se penche vers Chris, surprise, et dépose un baiser sur ses lèvres.

Wendy – Un couple très solide et des parents très équilibrés, c'est la base pour fonder une famille harmonieuse et solidaire. Surtout lorsqu'il s'agit d'une adoption.

Fred – Nous sommes tout à fait sur la même longueur d'onde.

Chris – Tout à fait...

Wendy – Une adoption, pour une famille, c'est un peu... comme une greffe d'organe pour un malade.

Fred – Je ne l'aurais pas formulé comme ça, mais c'est aussi la façon dont je le ressens. Pas toi, chérie ?

Chris – Oui... Je n'avais pas envisagé ça comme une opération de la dernière chance, mais bon...

Wendy – Quoi qu'il en soit... pour que la greffe prenne, pour que le greffon ne soit pas rejeté, il faut que la famille d'adoption soit en parfaite santé. C'est mon rôle de m'en assurer...

Chris – Et donc vous trouvez que nous avons l'air d'être un couple solide ?

Wendy – Un couple très uni, oui... Reste à savoir si ce couple est capable de devenir parents. L'arrivée d'un enfant, qu'il soit conçu par ses parents ou qu'il soit adopté, ça change tout. Passer de deux à trois, ce n'est pas qu'une simple question d'arithmétique...

Fred – Nous en sommes parfaitement conscientes.

Elle quête l'approbation de Chris, qui est en train de consulter l'écran de son portable.

Chris – Absolument.

Wendy – Maintenant, vous savez, les enfants à adopter ne sont pas si nombreux.

Chris – Eh oui... C'est un peu comme pour les dons d'organes, j'imagine. Il faut d'abord que quelqu'un meurt... et que l'organe qu'il nous laisse soit à peu près en bon état.

Wendy – Et vous ne serez peut-être pas en haut de la liste.

Fred – Je comprends bien...

Wendy – Donc, il ne faudra pas être trop exigeantes.

Fred – Bien sûr...

Un temps.

Chris – Mais quand vous dites pas trop exigeantes...?

Wendy – Si vous cherchez un bébé blond aux yeux bleus...

Fred – Ah, non, mais on n'est pas racistes !

Chris – La couleur, on s'en fiche. Du moment qu'il est en bon état. Je veux dire en bon état de santé.

Wendy – Et l'âge ?

Chris – L'âge...?

Wendy – Si ce n'est plus tout à fait un bébé...

Chris – Un vieux bébé, vous voulez dire ?

Fred – Très bien, non. Pas de problème.

Chris – S'il est déjà propre, ça nous évitera d'avoir à changer les couches...

Fred – Mais quand vous dites plus un bébé... ça peut aller jusqu'à combien, à peu près ?

Wendy – Ça peut être cinq ans...

Fred – Cinq ans, c'est très bien.

Wendy – Ça peut aller jusqu'à dix ou douze ans...

Chris – Ah oui, quand même...

Fred – Non, mais ce n'est pas du tout un problème.

Chris – Enfin, il faut que ça reste un enfant quand même. On ne va pas adopter une personne âgée, non plus, hein chérie ?

Malaise. On sonne à la porte. Fred ne réagit pas.

Wendy – Vous n'allez pas ouvrir ?

Fred – On a sonné ?

La sonnette retentit à nouveau.

Chris – Ah oui, on dirait bien.

Fred – Je n'attends personne. Je ne sais pas qui ça peut bien être...

Wendy – Vous m'avez dit que vous attendiez un plombier, non ?

Chris – Ah, oui, c'est vrai... Le plombier...

Wendy – En tout cas, c'est quelqu'un qui a le code de la porte d'en bas...

Chris – Eh bien va voir, chérie !

Fred – Excusez-moi un instant...

Elle sort un moment.

Janine *(off)* – Bonjour, bonjour ! Tu en fais, une tête...

Fred *(off)* – Maman ? Mais qu'est-ce que tu fais là ? Il y a un problème ?

Fred revient avec Janine, qui porte des lunettes noires et qui s'avance vers l'avant-scène sans voir les deux autres.

Janine – Non, rien, je passais par là... Je vais chez l'ophtalmo... Ça fait un an que j'attends ce rendez-vous, tu te rends compte ? Il vaut mieux que je ne le rate pas.

Fred – Pourquoi tu portes des lunettes noires ?

Janine – Je ne voyais déjà plus grand chose, mais en plus j'ai cassé mes lunettes hier soir. En attendant, j'ai mis ces lunettes de soleil, mais elles ne sont plus du tout adaptées à ma vue. Si ça continue, il va me falloir une canne blanche et un chien d'aveugle...

Fred – Tu aurais dû m'appeler avant parce que là, ça tombe mal...

Janine – J'étais très en avance, alors je me suis dit... *(Elle se retourne et aperçoit les deux autres)* Ah pardon, tu n'es pas toute seule...

Fred – Wendy, je vous présente ma mère.

Wendy – Chère Madame...

Janine – Excusez-moi, je ne voulais pas vous déranger...

Wendy – Non, non... Vous ne nous dérangez pas. Je suis ravie de rencontrer la future grand-mère...

Janine – La future grand-mère...? Tu es enceinte ?

Fred – Mais non, maman... Madame est... une inspectrice de l'Aide à l'Enfance... Alex et moi, on a décidé d'entamer une procédure d'adoption.

Janine – Une adoption ? Tu ne m'en avais jamais parlé...

Chris – On attendait que ce soit sûr.

Fred – Je suis vraiment désolée... D'habitude, ma mère ne débarque jamais chez moi à l'improviste...

Wendy – Non, non, au contraire... C'est très bien que je rencontre aussi votre mère... *(À Chris)* Et la vôtre aussi, d'ailleurs.

Chris – La mienne est morte, heureusement... Enfin, je veux dire... Vous n'aurez pas le plaisir de la rencontrer...

Janine – Et celle-là, c'est qui ?

Fred – Mais enfin, maman, c'est Alex !

Janine – Alex, mais...

Fred – C'est la salopette. Elle n'a pas l'habitude...

Janine – Alex ? C'est vraiment toi ?

Chris – Mais oui, belle-maman ! J'ai changé de coiffure, aussi. Ça doit être ça...

Janine – Belle-maman...? Depuis quand tu m'appelles comme ça. Je ne te reconnais pas du tout !

Fred – Ah oui, en effet, il était temps que tu ailles chez l'ophtalmo. *(À Wendy)* Elle est myope comme une taupe.

Janine – Et puis ce n'est pas sa voix, non plus !

Fred *(à Wendy)* – Excusez-la, elle a parfois des absences.

Wendy – Je sais ce que c'est. Ma mère aussi a un début de...

Janine – Mais enfin je ne perds pas la tête, tout de même...

Fred – Assieds-toi, maman. Puisque tu es là...

Janine s'assied, un peu déboussolée.

Chris – Voilà, on va vous servir un peu de whisky...

Janine – Du whisky ? Je ne suis pas une alcoolique ! Tu sais bien que je ne bois jamais d'alcool...

Fred – Un jus d'ananas, alors...

Fred sert sa mère.

Chris – Donc vous disiez qu'il ne faudrait pas être trop exigeantes sur la marchandise, et qu'on n'était pas sûres d'avoir toutes les options parce que vous étiez en rupture de stock...

Wendy – Ce qu'on a beaucoup en ce moment, ce sont des enfants qui reviennent de Syrie.

Fred – De Syrie ?

Wendy – Des enfants qui ont grandi dans des camps de prisonniers et dont les parents sont morts.

Janine – Quelle horreur...

Wendy sort une photo et leur montre.

Wendy – Tenez, j'en ai un qui vient de rentrer, justement. Il a une dizaine d'années...

Fred – On dirait qu'il en a le double.

Chris – Il a déjà un peu de barbe, non...?

Wendy – Allez savoir... Le plus souvent, on ne connaît pas leur date de naissance avec exactitude.

Janine – Et donc... ils sont musulmans, bien sûr.

Wendy – Ah oui, ça, pour être musulmans... Avec les parents qu'ils ont eus...

Janine – Vous n'allez pas adopter un musulman ?

Fred – Et pourquoi pas ? Enfin, maman, pour nous la religion, ça n'a aucune importance.

Chris – De toute façon, on ne croit pas en Dieu, alors musulman, juif, orthodoxe ou bouddhiste... Pour nous c'est la même chose, hein chérie ?

Janine regarde à nouveau la photo.

Janine – Mais ils parlent français, quand même ?

Wendy – Ah, ça... Il faudrait que je vérifie... Enfin, à cet âge-là, ça apprend vite...

Chris – Bien sûr... Enfin, ça dépend de quel âge on parle, évidemment.

Wendy – Sinon, ça pourrait vous intéresser ?

Fred – Ma foi... Si vous n'avez rien d'autre...

Chris – Il faut voir...

On sonne à nouveau.

Fred – On ne peut pas être tranquilles cinq minutes...

Chris – Cette fois, ça doit être le plombier.

Fred – Le plombier ? Je ne crois pas... Il m'a téléphoné pour me dire qu'il avait eu un petit accrochage avec sa voiture.

Wendy – Ce n'est pas grave au moins ?

Fred – Non... Il a renversé un gamin en scooter... Enfin, je veux dire, le plombier, il n'a rien... et le gosse n'est pas mort.

Chris – Il est juste dans le coma...

On sonne à nouveau.

Janine – Il faudrait aller voir qui c'est...

Fred – J'y vais...

Fred sort.

Janine – Avec tout ça, il ne faut pas que j'oublie mon rendez-vous, moi aussi.

Chris – N'hésitez pas, belle-maman, si vous devez y aller...

Janine regarde sa montre.

Janine – Ah non, ça va, j'ai encore un peu le temps...

Fred *(off)* – C'est toi ?

Alex *(off)* – Ben oui, c'est moi, qui veux-tu que ce soit ?

Fred *(off)* – Mais je ne t'attendais plus... Tu m'avais dit que...

Alex *(off)* – Je ne suis pas trop en retard, j'espère...

Alex entre, suivi par Fred.

Janine – Et celui-là, qui c'est alors ?

Fred – C'est le plombier, maman...

Alex – Pardon ?

Janine – Le plombier, tu es sûre ? On dirait Alex...

Fred – Et si tu allais à ton rendez-vous, plutôt ?

Janine – Mon rendez-vous ? C'est dans une heure !

Fred – Et le gamin, ça va ? Il va s'en sortir ?

Alex – Ils l'ont emmené à l'hôpital pour faire des examens...

Chris – Alors cette histoire d'accident, c'était vrai ?

Alex – Évidemment !

Chris – Vous savez comment sont les artisans. Ils seraient prêts à inventer n'importe quoi pour vous faire faux bond... Et vous n'avez pas amené vos outils ?

Alex – Mes outils...?

Fred – Je vois... Ils sont restés dans votre camionnette qui a été accidentée.

Chris – Ce n'est pas grave, ne vous inquiétez pas. On a ce qu'il faut à la maison... Prenez mes outils, ne vous gênez pas.

Fred – C'est par ici...

Fred fait signe à Alex de jouer le jeu. Il s'exécute maladroitement. Il prend les outils que lui donne Chris.

Alex – Merci...

Alex fait mine de se pencher sur la fuite.

Chris *(à Alex)* – Faites comme si on n'était pas là...

Fred – Mais si vous avez besoin de quelque chose...

Chris – Donc, si je comprends bien, vous nous proposez d'adopter un djihadiste...

Alex marque la surprise.

Wendy – Ça reste un enfant, malgré tout.

Chris – Avec de la barbe.

Wendy – Je vous avais prévenues, il ne va pas falloir être trop difficiles...

Le portable de Wendy sonne et elle répond.

Wendy – Allô oui ? Oui, c'est moi... *(Aux autres)* Excusez-moi un instant...

Elle sort.

Alex – Mais qu'est-ce qui se passe, ici ?

Fred – Je t'expliquerai, là, ce n'est vraiment pas le moment. Elle va revenir d'une minute à l'autre...

Alex *(parlant de Chris)* – Et... c'est avec elle que tu as décidé d'adopter, maintenant ?

Fred – Qu'est-ce que tu veux ? Tu n'étais pas là, elle a pris ta place, voilà !

Chris – Qui va à la chasse, perd sa place, comme on dit...

Janine – Je ne comprends pas... C'est le plombier, et tu le tutoies ?

Fred – Avec mes vieux tuyaux, j'ai souvent des fuites, alors c'est devenu un ami...

Alex – Bon... Et maintenant qu'est-ce que je suis supposé faire ?

Fred – Pour l'instant... de la figuration ! C'est ton métier, après tout ! Parce qu'en tant que comédien, entre nous...

Alex – Si on en est là, alors...

Janine – Mais alors c'est qui le plombier ?

Fred – Tu es encore là, toi ? Je croyais que tu avais un rendez-vous important, toi aussi !

Alex – Ce n'est pas la peine de t'en prendre à ta mère, non plus...

Fred – Toi, si tu étais arrivé à l'heure, on n'en serait pas là.

Alex – J'ai eu un accident ! J'ai failli tuer quelqu'un !

Janine – Il a tué quelqu'un ?

Wendy revient, la mine soucieuse.

Fred – Un problème ?

Wendy – C'est au sujet de l'enfant dont je vous parlais.

Fred – Oui...?

Wendy – En attendant son adoption, il est accueilli dans un orphelinat pas très loin de Paris. Un orphelinat tenu par des sœurs...

Alex – Et alors ?

Wendy est surprise que ce soit le présumé plombier qui pose cette question.

Wendy – Il vient de faire une fugue.

Fred – Oh, mon Dieu...

Wendy – On va le retrouver, ne vous inquiétez pas... On finit toujours par les retrouver...

Chris – Une fugue... Ça promet...

Wendy – Vous savez, ce sont des enfants fragiles, et souvent très perturbés. C'est justement pour ça qu'ils ont besoin d'un foyer stable comme le vôtre...

Alex – Un foyer stable, tu parles...

Fred – Bon, on ne vous a rien demandé, à vous. Occupez-vous de cette fuite, plutôt.

Alex lui lance un regard incendiaire avant de faire mine de se pencher sur le tuyau.

Chris – D'après ce que j'ai vu, il faut changer le joint. Mais c'est vous le professionnel...

Fred – Un enfant de dix ans... Il n'a pas pu aller bien loin.

Wendy – Ça, je ne sais pas... Il a volé un scooter...

Alex – Un scooter ? À dix ans ?

Wendy – Je vous l'ai dit, il fait beaucoup plus que son âge... *(Son téléphone sonne à nouveau)* Excusez-moi, j'ai un autre appel...

Elle sort.

Alex – Mais enfin, c'est quoi, cette histoire ? Tu veux qu'on adopte un délinquant qui est peut-être déjà majeur... et dont les parents étaient sans doute des terroristes ? J'ai quand même mon mot à dire, non ?

Janine – Tu vas adopter un enfant avec le plombier ?

Alex – Ouais... Tu m'as vite remplacé, on dirait.

Fred – Tu n'étais pas là, j'ai improvisé...

Alex – Et... le plombier ? Ça ne la gêne pas de jouer cette comédie ?

Chris – Eh, oh, on se calme ! Moi j'ai fait ça pour rendre service, hein ? Alors si c'est comme ça, je me barre.

Elle fait un mouvement pour partir, mais Fred la retient, avec des trémolos dans la voix.

Fred – Je vous en supplie, restez encore un moment...

Chris – Si c'est pour me faire engueuler, en plus...

Alex – Si vous préférez, c'est moi qui m'en vais ? Et je vous laisse en famille...

L'inspectrice revient.

Wendy – On vient de le retrouver...

Fred – Et alors ?

Wendy – Il est aux urgences à l'hôpital. Il a été renversé par un chauffard.

Alex *(inquiet)* – Et vous dites qu'il était en scooter...?

Janine – Mais il est vivant ?

Wendy – Oui... mais on ne sait pas encore s'il aura des séquelles.

Chris – Ah, oui, mais là... ça commence à faire beaucoup.

Fred – Et... vous n'auriez pas d'autres enfants à nous proposer ?

Wendy – Désolée... Pour l'instant, c'est tout ce que j'ai en catalogue...

Silence.

Janine – Moi je vous préviens, je ne suis pas pressée d'être grand-mère.

Tous les regards se tournent vers elle.

Wendy – Vraiment ?

Janine – Comme ma fille ne pouvait pas avoir d'enfants, je me disais qu'au moins, je m'épargnerais la charge d'avoir des petits-enfants.

Chris – On se console comme on peut...

Fred – Tu ne m'avais jamais dit ça.

Janine – J'ai déjà un rapport compliqué avec la maternité.

Fred – Oui, j'avais remarqué...

Janine – Alors être grand-mère... Surtout si mon petit-fils est un enfant adopté... et que c'est un cas social.

Fred – Merci de ton soutien, maman, je suis sûre que ça va beaucoup nous aider.

Janine – Et puis j'ai envie de profiter de ma retraite, vous comprenez...

Wendy – C'est bien normal.

Janine – En tout cas, il ne faut pas compter sur moi pour faire la nounou...

Chris – De ce côté-là au moins, vous n'aurez pas ce problème... Si c'est un ado qui a déjà de la barbe.

Fred *(à Wendy)* – Je vais vous montrer sa chambre...

Chris – Du coup, il faudra peut-être revoir la taille du lit...

Fred – Tu viens, maman...?

Fred sort suivie par Wendy et Janine.

Alex – Qu'est-ce que tu fous encore ici ?

Chris – Je suis plombier, je te rappelle. On me téléphone, je viens... C'est comme ça qu'on s'est rencontrés, non ? Tu m'avais appelée pour une fuite.

Alex – Oui... Sur ce même tuyau, d'ailleurs... Et il fuit toujours...

Chris – Ta plomberie est aussi vieille que l'immeuble... Tu voulais une garantie décennale ?

Alex – Alors c'est seulement un hasard...? Je veux dire... ce n'est pas un coup monté ?

Chris – J'ai bien reconnu l'immeuble en arrivant, mais je ne savais pas que j'allais débarquer chez toi. C'est seulement en entrant que j'ai reconnu les tableaux... Tu m'avais dit que c'était les tiens...

Alex – Mais tu ne lui as pas dit qu'on se connaissait, on est bien d'accord ?

Chris – Non, rassure-toi...

Alex – Bon, j'imagine que je dois te remercier.

Chris – Pour ne pas avoir avoir dit à ta femme que tu couchais avec le plombier ?

Alex – Aussi oui... Et pour avoir joué le jeu auprès de cette inspectrice de l'Aide à l'Enfance.

Chris – C'est vrai que la situation est assez cocasse... Te faire remplacer par ta maîtresse auprès de ta femme...

Alex – Ceci dit... je crois que si j'ai raté ce rendez-vous, ce n'est pas tout à fait par hasard.

Chris – Ah oui ?

Alex – Je ne suis pas prêt à devenir père... Surtout s'il s'agit d'adopter un ado élevé par des islamistes.

Chris – Alors qu'est-ce que tu vas faire ? Fuir, comme d'habitude ?

Alex – Je ne sais pas...

Chris – En tout cas, ne la quitte pas pour moi. Je ne t'ai jamais rien demandé... Et puis maintenant que je connais ta femme... Je la trouve plutôt marrante... dans son genre. Plus marrante que toi, ça c'est sûr...

Alex – Si tu veux prendre le relais, ne te gêne surtout pas... Apparemment, vous avez l'air de très bien vous entendre... Et l'inspectrice t'a déjà adoptée...

Chris – Bon, et avec cette fuite, tu t'en sors ?

Alex – Très drôle...

Chris donne deux tours de clefs.

Chris – Et voilà... Je n'ai même pas eu à changer le joint. C'est juste le boulon qui était un peu desserré...

Alex – Tu vas pouvoir y aller, alors... De toute façon, pour cette adoption, je crois que c'est mal barré...

Chris – Y aller ? Tu rigoles, je commence à peine à m'amuser un peu.

Alex – Ah oui ? Alors viens par là, j'ai une idée... Puisque c'est mort de toute façon, autant se marrer un peu...

Ils sortent. Wendy revient avec Janine.

Janine – Vous faites un drôle de métier, tout de même.

Wendy – Oui... Même avec l'expérience, on ne s'habitue jamais à la misère humaine. Les orphelins sont des enfants comme les autres, vous savez.

Janine – Eh oui... Tout enfant est un orphelin en puissance.

Wendy – On peut même dire que tout enfant est destiné à devenir un jour un orphelin.

Janine – C'est curieux, d'ailleurs... À partir de quel âge exactement on considère que quelqu'un qui n'a plus ses parents n'est pas orphelin pour autant.

Wendy – On dirait un sujet du bac philo.

Janine – Je suis retraitée de l'Éducation Nationale.

Wendy – Vous devez beaucoup manquer à vos élèves.

Janine – Eh bien moi, ils ne me manquent pas, croyez-moi.

Wendy – Allez... Je suis sûre qu'au fond, vous adorez les enfants, et que vous seriez ravie d'avoir des petits-enfants.

Janine – Vous savez, pour un prof, avoir des enfants chez soi, c'est un peu ramener du travail à la maison.

Wendy – En tout cas, en ce qui me concerne, ce sera ma dernière mission.

Janine – Vous prenez votre retraite, vous aussi ?

Wendy – Oui, on peut dire ça comme ça. J'ai décidé de me retirer dans un couvent.

Janine – Un couvent ? Ça existe encore ?

Wendy – Le Couvent de Sainte Marie-Jeanne. C'est dans la Seine-Saint-Denis.

Janine – Sainte Marie-Jeanne ? Tiens donc, je ne la connaissais pas, celle-là.

Wendy – Je ne prononcerai pas mes vœux, mais les sœurs m'accueilleront pour cette retraite spirituelle. Et je m'occuperai des produits monastiques. On y fabrique un élixir très réputé à partir d'herbes locales.

Janine – Non ? En Seine-Saint-Denis ?

Wendy – Mais avant, j'aimerais tellement faire aboutir cette dernière adoption.

Janine – Pour avoir le sentiment du devoir accompli...

Wendy – Quand j'aurai fait ça, je pourrai enfin me retirer du monde pour expier mes péchés...

Janine – Vos péchés ?

Wendy – C'est une triste histoire que je n'ai pour l'instant racontée qu'à mon confesseur...

Janine – J'aimerais avoir moi aussi le secours de la foi... Hélas, je ne suis pas croyante.

Wendy – Malheureusement, cet enfant, personne n'en veut. Ce n'est pourtant pas sa faute si ses parents ont fait de mauvais choix. Les gens s'imaginent que lui aussi, il va débarquer chez eux avec une ceinture d'explosifs...

Janine – D'un autre côté, c'est vrai que ça fait réfléchir...

Wendy – Vous pouvez m'indiquer où je peux trouver quelque chose de fort pour me remonter le moral ?

Janine – La cuisine est au bout du couloir... Je crois qu'il y a une bouteille de rhum dans les placards au-dessus de l'évier...

Wendy – Merci.

Janine – J'ai dit au-dessus, pas en dessous, hein ? N'allez pas confondre avec l'eau de Javel ou le Destop...

Fred revient.

Fred – Elle est où ?

Janine – Elle est partie se faire un mojito...

Fred – C'est vrai qu'elle biberonne pas mal...

Janine – Ça ne te dérange de faire passer ta mère pour une folle ?

Fred – Excuse-moi... Je n'avais pas le temps de t'expliquer... Mais je crois que c'est mal engagé pour notre adoption... Tu lui as parlé ?

Janine – C'est une femme qui porte un lourd secret...

Fred – Ah oui ?

Silence.

Janine – Et moi aussi, d'ailleurs...

Fred – Quoi ?

Janine – Je voulais t'en parler depuis longtemps.

Fred – Et tu as pensé que le moment était bien choisi.

Janine – C'est pour ça que je suis venue te voir à l'improviste. Pour m'ôter le poids du fardeau que j'ai sur le cœur depuis toutes ces années.

Fred – Il faut arrêter de regarder les séries de l'après-midi à la télé, maman. Tu parles comme les héroïnes de ces feuilletons à l'eau de rose...

Janine – C'est que ce n'est pas facile à dire...

Fred – Essaie toujours, mais je te demande de faire vite...

Janine – Je t'ai toujours dit que je ne savais pas qui était ton père, parce que tu étais le fruit d'une aventure d'un soir...

Fred – Oui... Et alors ?

Janine – Ce n'est pas tout à fait exact...

Fred – Je vois... En vérité, mon père est un extra-terrestre, mais il a promis de revenir me chercher un jour pour m'emmener sur sa planète dans sa soucoupe volante. C'est ça ?

Janine – Je crains hélas que ce ne soit bien pire...

Fred – Pire ?

Janine – Toi aussi, tu es une enfant adoptée.

Fred – Pardon ?

Janine – Je n'avais pas eu le courage de te le dire jusque-là.

Fred – Si c'est une blague, ce n'est pas drôle, et ce n'est vraiment pas le moment.

Janine – Crois-tu qu'on puisse plaisanter avec ces choses-là ?

Fred – Mais enfin... pourquoi ? Pourquoi tu ne me l'as jamais dit ?

Janine – Je voulais que tu aies une vie normale.

Fred – C'est réussi... Et alors...? Qui sont mes vrais parents ?

Janine – C'est un peu pour ça que je ne te l'ai jamais dit...

Fred – Au point où j'en suis... je peux tout entendre.

Janine – Je t'ai trouvée abandonnée sur un banc dans une gare.

Fred – Dans une gare ?

Janine – Oui, je sais, d'habitude, ce sont des bagages que les gens oublient dans les gares...

Fred – Et on appelle les démineurs. On ne part pas avec la valise sous le bras.

Janine – Je ne pouvais pas avoir d'enfants. Alors je suis partie avec le bébé.

Fred – Mais la mère s'en serait rendu compte. Elle est sûrement revenue pour chercher son bébé !

Janine – Oui, peut-être.

Fred – Et tu n'es pas allée voir la police.

Janine – Non.

Fred – Ça ressemble quand même beaucoup à un enlèvement, non ?

Janine – C'est bien pour ça que je ne t'en ai jamais parlé... J'ai fait comme si c'était mon propre enfant, et je t'ai déclarée comme ma fille à la mairie. Née de père inconnu...

Fred – Là-dessus, au moins, tu n'as pas menti...

Wendy revient, complètement saoule.

Wendy – J'en ai profité pour visiter la maison. Ça me semble parfait pour accueillir un enfant... et même un adolescent. Mais vous en faites une tête. Tout va bien ?

Fred – Oui, oui, tout va bien.

Alex et Chris reviennent. C'est Alex qui porte désormais la salopette, et Chris qui porte les vêtement de Alex.

Chris – Ça y est, la fuite est réparée...

Fred, Janine et Wendy les regardent interloquées.

Fred – Euh... Merci ! Combien je vous dois ?

Chris – Pour la réparation, rien du tout. Pour le reste on verra après...

Fred – Permettez-moi au moins vous offrir un autre verre...

Chris – Je vais vous laisser en famille...

Alex – Oui, vous devez avoir d'autres clients qui vous attendent, j'imagine.

Chris – Oh, et puis après tout, je ne suis pas à dix minutes près.

Fred – Mais pas d'alcool, hein ? Il ne s'agirait pas que vous écrasiez encore un autre enfant...

Chris – Ah oui, c'est vrai. L'accident...

Fred lui sert un jus d'ananas. Wendy, perturbée, regarde tour à tour Alex et Chris.

Wendy – Je suis comme votre mère, j'ai des problèmes de vision... Je ne sais plus qui est qui... Je devrais prendre rendez-vous chez l'ophtalmo, moi aussi...

Fred tend le verre à Chris.

Fred – Tenez, c'est du bio.

Chris – Merci.

Fred – C'est moi qui vous remercie. Pour tout ce que vous avez fait pour nous.

Alex – Wendy, on peut vous resservir quelque chose ?

Wendy – Un jus d'ananas, alors... Il faut que j'arrête de boire... Vous allez rire, mais j'avais l'impression que tout à l'heure, c'était madame qui portait la salopette, et vous...

Alex sert un jus d'ananas à Wendy, qui le boit d'un trait.

Janine – Ça va mieux ?

Wendy – Beaucoup mieux... Et puis, je ne sais pas, je me sens tellement bien avec vous... J'ai l'impression d'être en famille...

Fred – D'ailleurs, je n'ai pas pensé à vous le demander, Wendy. Vous avez des enfants ?

Wendy – Non...

Alex – Je crois comprendre que c'est un sujet douloureux...

Chris – C'est sans doute pour ça que vous avez choisi ce métier. Pour permettre à des gens qui ne peuvent pas avoir d'enfants d'en adopter.

Wendy – Oui...

Fred – Pardonnez-moi cette question, mais... vous auriez pu adopter vous-même, non ?

Wendy – Bien sûr, mais... C'est compliqué...

Wendy est au bord des larmes. Embarras général.

Janine – Si vous nous racontiez ce qui vous tourmente, Wendy. Je suis sûre que cela vous soulagerait.

Wendy – Je ne veux pas vous embêter avec mes problèmes personnels.

Fred – Vous l'avez dit, on est presqu'en famille.

Wendy – Bon... Alors voilà... Il y a une trentaine d'années, j'ai donné naissance à une petite fille.

Alex – Je comprends... Et elle n'est plus de ce monde, j'imagine...

Wendy – Si... Enfin, je crois... Du moins je l'espère...

Fred – Mais vous n'en savez rien ?

Wendy – J'étais très jeune à l'époque... Je n'étais pas du tout prête à avoir un enfant... J'ai accouché seule, avec l'aide d'une amie...

Alex – C'est terrible...

Janine – Et après...?

Wendy – Quelques jours plus tard, j'ai pris le train pour aller déposer le bébé chez une nourrice... Avec la vie que je menais, je ne pouvais pas le garder avec moi...

Alex – Un travail de nuit, sans doute...

Wendy – Oui, on peut dire ça comme ça... Je travaillais dans un club de strip-tease à Pigalle. La Garçonnière...

Chris – Ah oui... Je crois que ça existe encore...

Wendy – Une camarade dans la même situation que moi m'avait recommandé une nourrice, pas très loin de Paris. À Pontoise...

Janine – À Pontoise ?

Wendy – Oui, vous connaissez ?

Janine – J'y ai enseigné pendant quelques années... Dans une école catholique.

Fred – Et alors ?

Wendy – Quand je suis arrivée, il pleuvait...

Janine – Oui, je m'en souviens très bien...

Fred – Mais enfin, maman, qu'est-ce que tu racontes...?

Janine – Excusez-moi...

Wendy – J'ai laissé mon bébé quelques minutes sans surveillance sur un banc, dans la gare, le temps de trouver un taxi.

Janine – Et quand vous êtes revenue pour le chercher, il n'était plus là...

Wendy – Je ne m'en suis jamais remise.

Chris – Je comprends ça.

Janine – Je suis vraiment désolée...

Wendy – Après avoir perdu mon bébé, j'ai tout fait pour sortir de cet enfer de la drogue et de la prostitution.

Chris – Bonjour Zola...

Wendy – Oui, en effet, c'est pour ça que j'ai choisi ce métier. Pour me racheter, en quelque sorte.

Janine – C'est aussi pour ça que j'ai abandonné l'enseignement catholique pour un poste dans le public... Pour expier mes péchés...

Wendy – Je pensais qu'avec le temps, je finirais par oublier... Mais au fil des ans, la charge est devenue trop lourde. J'ai décidé de quitter le monde des vivants...

Chris – Vous suicider...?

Wendy – Je n'ai pas ce courage, hélas. Et puis ce n'est pas très bien vu par l'Église.

Chris – Eh oui... On ne compte plus les évêques pédophiles, mais c'est encore eux qui nous font la morale sur l'avortement ou l'euthanasie.

Wendy – Je vais me retirer dans un couvent...

Alex – Mais voyons... Ce n'est pas votre faute...

Chris – Enfin, un peu quand même, mais bon...

Wendy – Que Dieu me pardonne...

Elle éclate en sanglots.

Wendy – Excusez-moi, il faut que j'aille me rafraîchir un peu...

Elle sort.

Fred – Ce n'est pas possible... C'est elle ?

Alex – Elle ? Comment ça, elle ?

Fred – Tu n'as pas compris ? Wendy, c'est ma mère !

Alex – Qu'est-ce que c'est que ça, encore ? Ce n'est pas seulement un épisode que j'ai raté, c'est toute une saison ! Je ne comprends absolument rien à cette histoire.

Chris – On n'aurait jamais dû jouer cette comédie. Je crois qu'on est tous en train de devenir fous.

Janine – Non, hélas, elle a raison...

Fred – Ma mère vient de m'avouer qu'elle n'était pas ma mère. Elle m'a trouvée sur un quai de gare !

Chris – Bon, Wendy a abandonné son bébé sur un banc. On vous a trouvée sur un autre... Rien ne prouve que ce soit le même banc.

Alex – Tous les ans, on trouve des tas de bébés oubliés sur un banc dans une gare...

Chris – Enfin, pas autant que de valises, mais bon...

Alex – Dans quelle gare vous l'avez trouvé, ce bébé ?

Janine – La gare de Pontoise.

Alex – Ah oui, là... Ça commence à faire beaucoup de coïncidences...

Fred – Il faut lui dire, on n'a pas le choix...

Chris – C'est sûr que de perdre un enfant comme ça... Ça a dû être un traumatisme.

Janine – Elle dit qu'elle veut finir ses jours au couvent... On ne peut pas la laisser faire ça...

Alex – Et vous, vous trouvez un bébé sur un banc, et vous partez avec ?

Chris – Même une valise, on l'apporte aux objets trouvés.

Janine – J'étais comme vous... Je voulais un enfant, je ne pouvais pas en avoir... Et vous êtes bien placés pour savoir qu'une adoption, ce n'est pas si évident que ça.

Fred – C'est ma mère biologique, je ne peux pas faire comme si je ne savais pas.

Janine – Je resterai toujours ta maman, ma chérie, ne t'inquiète pas. C'est moi qui t'ai élevée, non ?

Fred – Mais pourquoi tu m'as raconté ça aussi ? Et aujourd'hui, en plus !

Wendy revient.

Wendy – Excusez-moi, je n'aurais pas dû vous infliger ça. Après tout, ça ne vous regarde pas...

Fred – Détrompez-vous... *(Tous la regardent)* Je veux dire, qui ne se sentirait pas concerné par une histoire aussi poignante...?

Wendy – Merci pour votre soutien, en tout cas. Je n'avais encore jamais parlé de ça à personne. Mais dès que je vous ai rencontrée, je ne sais pas pourquoi, j'ai senti que je pouvais vous faire confiance.

Fred – Vous pouvez, je vous assure.

Wendy – Même si vous avez essayé de me faire prendre le plombier pour votre femme.

Fred – Alors vous aviez tout compris...

Alex – Je plaide coupable...

Fred – Moi aussi...

Chris – Et... vous vous en êtes rendu compte tout de suite ou... Je ne suis pas comédienne, mais j'espérais quand même pouvoir tenir mon rôle de façon crédible pendant plus de cinq minutes...

Wendy – Au début, j'ai marché. C'est seulement quand vous avez échangé vos vêtements que...

Alex – Eh oui... On était trop sûrs de nous...

Chris – On s'est laissés emporter, et c'est ce qui nous a perdus...

Wendy – Alors c'est bien vous, la plombière qui est venue chez moi et qui a salopé le travail ?

Chris – Désolée, j'étais débordée, mais je vais revenir pour arranger ça, je vous le promets. Et gratuitement, bien sûr...

Fred – Pardon de vous avoir joué cette comédie. Mais ça montre au moins qu'on était motivés. Je ferais tout pour avoir un enfant.

Wendy – Je comprends. Moi aussi...

Fred – Je suis vraiment désolée...

Wendy – Ma fille aurait à peu près votre âge, aujourd'hui. Et je ne sais même pas si elle est encore vivante.

Fred – Elle l'est, je peux vous rassurer.

Wendy – Merci, mais comment pouvez-vous en être aussi sûre ?

Un temps.

Fred – Parce que c'est moi.

Wendy est sous le choc.

Wendy – Vous ?

Janine – Moi aussi, j'avais besoin de soulager ma conscience. C'est moi qui ai pris cet enfant que vous aviez laissé un instant sans surveillance dans cette gare.

Wendy – Mais... comment est-ce que...?

Janine – C'était au mois d'août...

Wendy – Oui, le 23.

Janine – J'ai vu cet enfant, je ne pouvais pas en avoir. Je n'ai pas réfléchi, je l'ai pris. Le bébé avait à peine quelques jours. Je l'ai déclaré à la mairie comme si c'était le mien...

Wendy – Elle avait trois jours. Elle est née le 21 août.

Alex – Alors du coup tu n'es pas vierge, tu es lion. Je me disais aussi...

Chris – Mais c'est monstrueux ! Elle vous a volé votre enfant...

Janine – Je suis la seule coupable... Faites ce que vous devez faire. Portez plainte, si cela peut vous soulager. Ce n'est pas à vous d'aller au couvent, c'est à moi d'aller en prison.

Wendy – Non, je ne porterai pas plainte. Je devrais au contraire vous dire merci.

Chris – Merci ? Mais enfin, pourquoi ?

Wendy – À vrai dire, je suis aussi coupable que vous...

Fred – Comment ça ?

Wendy – Ce bébé, je ne l'ai pas simplement... oublié sur un banc. Je crois qu'inconsciemment... c'était un abandon.

Janine – Alors c'est pour ça qu'à l'époque, vous n'avez pas signalé sa disparition...

Wendy – Quand je suis revenue dans la gare et que le bébé n'était plus là, j'ai éprouvé un sentiment de soulagement. J'y ai vu un signe du destin. Je me suis persuadée que quelqu'un de bien avait pris mon enfant. Quelqu'un qui serait capable de l'élever dans de bonnes conditions, et de lui apporter le bonheur.

Chris – Dans un sens, vous ne vous êtes pas trompée.

Wendy – C'est seulement des années après que j'ai voulu te retrouver. Mais comment ? J'avais accouché seule. Tu n'étais pas déclarée à la mairie...

Janine – Je suis sûre que malgré tout, vous lui aviez donné un nom.

Wendy – Oui... Marie-Thérèse...

Chris – C'est affreux...

Alex – Oui... Tu te rends compte... Tu aurais pu t'appeler Marie-Thérèse...

Fred – Je me demande si inconsciemment, je ne l'ai pas toujours su.

Alex – Que tu t'appelais Marie-Thérèse ?

Fred – Que j'étais une enfant adoptée ! Et je me demande si cette envie d'adopter à mon tour ne vient pas de cette blessure cachée...

Chris – De là à adopter un djihadiste.

Fred – Et mon père, alors ?

Wendy – Ton père... C'est compliqué...

Janine – Au point où j'en suis... Compliqué comment ?

Wendy – Comme je vous l'ai dit, à cette époque-là, c'est ma vie qui était compliquée. Alors ton père, ça pourrait être pas mal de gens...

Chris – Mais vous avez bien une idée...

Wendy – Oui...

Fred – Et...?

Wendy – Je ne serais pas surprise que ton père soit un des joueurs d'une équipe de foot qui venait souvent fêter la troisième mi-temps dans ce lupanar où je travaillais à l'époque...

Chris – Une équipe ? Quelle équipe ?

Wendy – Le Football Club de Concarneau

Janine – Alors c'est pour ça que quand j'ai trouvé le bébé, il était emmitouflé dans un maillot d'une équipe de foot bretonne...

Wendy – C'était une façon pour moi de laisser une indication sur ses origines...

Fred – Mais quand vous dites que mon père serait l'un des joueurs...?

Wendy – On recevait toute l'équipe quand ils venaient disputer un match en région parisienne... Et quand ils avaient gagné, croyez moi, dans ce bordel de Pigalle, il n'y en avait pas beaucoup qui restaient sur le banc de touche...

Fred – Donc, mon père, c'est... une équipe de foot ?

Wendy – C'est un peu pour ça aussi que je t'ai laissée sur ce banc dans cette gare.

Chris – C'est vrai que ça ressemble beaucoup à un abandon...

Janine – Dans un sens, ça me soulage...

Wendy – Mais je ne t'ai jamais oubliée, je t'assure...

Fred – Je vous crois.

Wendy – Est-ce que tu pourras me pardonner un jour... ?

Fred – Je vous ai déjà pardonnée.

Elles s'embrassent.

Chris – Alors finalement, tout est bien qui finit bien...

Alex – Enfin presque... J'ai écrasé un enfant, et je ne sais toujours pas s'il va s'en sortir.

Wendy – Vous croyez que ce gosse que vous avez renversé, c'est celui que je vous ai proposé d'adopter ?

Alex – Je ne sais pas... Au point où on en est... Vous avez des nouvelles ?

Wendy – Pas encore, hélas...

Janine – Vous avez l'air bouleversée.

Wendy – Il faut que je vous avoue autre chose.

Chris – Décidément, c'est un vrai feuilleton...

Wendy – Si je voulais absolument faire adopter cet enfant, c'est parce que je connais un peu son histoire.

Chris – Je m'attends au pire...

Wendy – Avant de mourir, la femme qui l'a élevé lui aurait dit que son grand-père était un joueur de foot d'une équipe en Bretagne.

Fred – Et vous vous êtes dit que ce gamin était votre petit-fils.

Wendy – Ce n'est visiblement pas le cas, mais ça pourrait être le petit-fils d'une de mes camarades de l'époque.

Alex – Qui aurait elle aussi abandonné son enfant dans les mêmes conditions. Enveloppé dans un maillot du Football Club de Concarneau...

Janine *(à Fred)* – Donc, tu pourrais avoir un lien de parenté avec ce gamin que tu veux adopter...

Alex – Là, je commence à être largué...

Janine – Si ton père est aussi le grand-père de cet enfant !

Chris – Tout ça reste quand même très hypothétique. Dans une équipe de foot, il y a onze joueurs.

Alex – Sans compter les remplaçants.

Un temps.

Fred – Reste à savoir si ce gamin que tu as renversé est bien celui qui s'est échappé de son orphelinat.

Janine – D'ailleurs, il s'appelle comment, cet enfant ? Je veux dire celui que vous voulez adopter.

Alex – C'est vrai, on n'a même pas pensé à le demander...

Chris – Alors ? Jean-Baptiste ? Kevin ? Mouloud ?

Wendy – Shlomo. Il s'appelle Shlomo.

Janine – Shlomo ?

Fred – Et j'imagine qu'on ne peut plus changer...

Chris – Si il a dix ans...

Alex – Ou plus...

Wendy – Et votre accident, c'est arrivé où ?

Alex – Juste en sortant du périph... Cours de Vincennes...

Wendy – C'est bien là où le petit Shlomo s'est fait renverser.

Fred – Alors c'est bien lui !

Alex – Apparemment...

Fred – On veut adopter un enfant, et toi tu lui roules dessus.

Alex – Mais enfin... je ne savais pas !

Chris – Si il avait su, il aurait sans doute préféré en écraser un autre...

Fred – Je suis sûre qu'il l'a fait exprès !

Chris – Ça devient complètement invraisemblable, cette histoire.

Alex – Oui... On se croirait dans un film d'Almodovar...

Chris – Si c'était une pièce de théâtre, on dirait que l'auteur exagère...

Janine – C'est vrai que c'est tout de même un drôle de hasard.

Fred – Vous savez ce qu'on dit. Il n'y a pas de hasards, il n'y a que des rendez-vous.

Chris – Alors à votre avis, ce gamin avait rendez-vous aujourd'hui pour se faire écraser par son père adoptif ?

Alex – Si je ne l'avais pas écrasé, je serais arrivé à l'heure à ce rendez-vous. On n'aurait pas eu à jouer cette petite comédie. On n'aurait pas eu toutes ces complications. Et Wendy et Janine ne nous auraient jamais révélé leurs secrets.

Le portable de Wendy sonne.

Wendy – Il faut que je réponde. C'est sans doute au sujet de Shlomo... *(Wendy prend l'appel)* Oui...?

Alex – Shlomo... Je ne suis pas sûr de réussir à m'y faire... Il n'y a pas un diminutif ?

Fred – Qu'est-ce que ça pourrait bien être, le diminutif de Shlomo...?

Chris – Momo ?

Wendy – D'accord... Merci... *(Elle range son téléphone)* Tout va bien, il est hors de danger...

Alex – Ouf... Tant mieux... Je ne me serais jamais pardonné d'avoir causé la mort d'un enfant.

Silence.

Wendy – Maintenant, c'est à vous de décider si vous l'adoptez ou pas...

Alex – J'avoue qu'au départ, je n'étais pas très emballé par cette idée d'adoption.

Fred – Parce que tu ne veux pas d'enfant ?

Alex – Oui... Et aussi...

Chris – Parce qu'il vous a trompée avec le plombier.

Fred – Je vois... *(À Chris)* Et je suppose que vous n'avez pas trois enfants.

Chris – Si... Mais c'était avant... Avant mon divorce... Et mon changement d'orientation...

Fred – D'orientation professionnelle, vous voulez dire.

Chris – Aussi, oui...

Alex – Je suis vraiment désolé...

Chris – Rassurez-vous, ce n'était qu'une histoire sans lendemain...

Alex – Ce qui s'est passé aujourd'hui m'a fait réfléchir, Fred. J'ai compris l'importance que cet enfant avait pour toi.

Janine – Surtout maintenant qu'on sait qu'il est déjà un peu de la famille. Et vous aussi, Wendy.

Alex – Alors si tu veux bien me pardonner... Laissons faire le destin. Si c'est important pour toi, je suis prêt à tenter cette aventure avec toi.

Wendy – Même si cet enfant a plus de dix, qu'il s'appelle Shlomo, et qu'il a été élevé dans un camp par des djihadistes en Syrie ?

Alex – Ça pourrait être pire...

Chris – Ah oui ? Comme quoi, par exemple ?

Alex – Je ne sais pas, moi... Mais je suis sûr que ça pourrait être pire.

Janine – D'ailleurs, c'est vrai... Comment les parents d'un enfant qui s'appelle Shlomo ont pu finir dans un camp en Syrie ?

Wendy – Ça c'est une autre histoire, que je vous raconterai peut-être un jour.

Chris – J'avoue que je serais curieuse de l'entendre...

Alex – Ce qui compte, c'est que cet enfant est peut-être un neveu à toi, ou quelque chose comme ça...

Fred – Et puis si on remonte assez loin, après tout, Jean-Baptiste, Mouloud ou Shlomo, on est tous issus de la même famille, non ?

Chris – Alors je vais vous laisser... en famille.

Fred la retient par le bras, avec un geste tendre.

Fred – Attendez... *(Elles semblent toutes les deux un peu troublées)* Malgré tout, je n'oublierai pas ce que vous avez fait pour moi...

Alex perçoit la charge émotionnelle entre les deux femmes et croit bon d'intervenir.

Alex – Tu veux dire pour nous...

Fred – Vous ne voulez pas être la marraine ?

Chris – La marraine d'un petit délinquant barbu qui vole déjà des scooters pour fuguer de son orphelinat ? J'en ai toujours rêvé...

Alex – À condition qu'on nous laisse l'adopter, bien sûr...

Wendy – Je vais vous donner l'agrément pour l'adoption, évidemment.

Janine – De toute façon, personne d'autre n'en aurait voulu, de ce gosse.

Fred – Merci.

Wendy – Je deviens à la fois mère et grand-mère.

Fred – Moi je deviens la fille d'une équipe de foot de deuxième division, et la mère d'un petit Shlomo.

Alex – On l'appellera Momo, c'est passe-partout.

Chris – Alors cette fois, on peut vraiment le dire.

Tous – Tout est bien qui finit bien !

Janine – Sauf qu'avec tout ça, j'ai vraiment raté mon rendez-vous chez l'ophtalmo...

Noir

Fin.

Novembre 2022